D1720309

Lang · Windgezwirnt

Ana Lang

Windgezwirnt

Gedichte

COLLECTION ENTRADA · N° 11 | KLAUS ISELE EDITOR

Die Buchreihe Collection Entrada
wird ediert von KLAUS ISELE · EDITOR

Herstellung und Verlag:
BoD – Books on Demand, Norderstedt
ISBN 978-3-7322-8690-4

GESIEBTE ZEIT

ich säume
die ränder
der zeit
stich um stich
mit garn
zweifach gezwirnt
mit morgen
und mit abend

gesammelte fragen
in deinem gesicht
sichtbar
in allen falten
diesen strichen
die zum bild werden
von dir
und deinem leben

er
sprach mir
aus dem mund

laute nahmen raum
paarten
versprachen sich
die stille zu halten
im ohr
der zeit

alles
dem tag überlassen
den jahren – jahrzehnten

ich lege die hände
in den schoss
und starre
auf astlöcher
im holz
bis sich gesichter einstellen
und ich dich finde
mittendrin

auf schwarzeis
spuren
ins weite weisend

darunter
das pochen
in der tiefe
des schlafs

unter staub
die vergangenheit

ich will
sie freilegen
schicht für schicht
abtragen
und auf dem grund
den geschichten
die dort lagern
seit
ich weiss nicht
wie lange schon
den alten glanz
wiedergeben
und einen neuen ort

auf du
mit dem rauschen
der tage

der flut
der ebbe

der stille
danach
dem lied
dem sonnenton

in ihren augen
das blühende blau
gesehen

hinter ihren worten
das andere gehört

erinnerte töne
den atem
des lebens
zu zweit

ohne stimme
der winter
und ohne schlaf

der schnee
des vergessens
liegt siebzig jahre hoch

welche farbe
hat deine vergangenheit
und hat sie eine bestimmte form

nichts von alledem
sagst du
das meiste
sei so
als blicke man
in trübes wasser
durch nebel
oder es sei
als habe man
die falsche brille auf

spieren

gefieder
aus traum und licht
für den flug
in luft
und einen nistplatz
auf zeit

mohnkapsel

wie in einer urne
ruht die schwärze
der samen
und in ihnen
das mögliche
neue

liebesfarbe
zukunft
vergänglichkeit

was bleibt –
erinnertes rot
lohende liebe
stiebende funken

aschenfalter
über der glut

der sohn kommt
der sohn geht

ist sie wieder allein
brennt das warten
der frau
löcher ins jetzt

als suche sie
auf der karte
einen fluss
fuhr sie mit dem finger
den adern nach
die auf dem handrücken
zum arm liefen
und weiter

in der allee

denken wir uns

jahrzehnte zurück

machen zwischen

den baumstämmen

truppenbewegungen aus

und frühmorgens

bauernkarren

mit menschen

hinter kartoffelsäcken

und strohballen

geduckt

die toten augen

im nichts

regen im gesicht
die klinik
im rücken
auf der zunge
der geruch
von krankheit
und angst

auf dem parkplatz
fand sie
neben ihrem auto
einen alpha
und brachte das wort omega
nicht mehr aus dem kopf

deine worte
wie altlaub
im windfang
des hauses

in momenten
da sich das licht
in den falten
deines mantels verfängt
ist mir
als kämst du
noch vor abend zurück

du kommst spät
sprichst mir
vom tag
vom regen heute früh
der arbeit
den anrufen
der konferenz
der heimfahrt
dem warten im stau

nur von der andern
der frau
sagst du nichts

hinterliess
eine sammlung
von uhren
von denen
kaum eine noch ging

bei jenen
die tickten
zeigte jede
eine andere zahl

ANKLANG

wie alles war
als du ein kind
mit hellem haar
windgezwirnt
erste namen fandest
und seit da
am sammeln bist

morgens
um sechs
vor dem spiegel
im bad
blickst du dir entgegen
prüfst die zahnreihen
bis ein frisches wort entwischt
dich zum lachen bringt
und mit dir
zur arbeit will

wie wir reden
in letzter zeit
du ein wort
ich ein wort
zu mehr kommen wir nicht
und hat der mund dichtgemacht
tastet die zunge blind
zwischen zahnreihen und gaumen

die lunge
voll wörter

wünschte er sich
atmete aus

es drehten sich
namen
verbanden
verflüchtigten sich
verwehten

windwesen
wolkenkinder
flugsand im dunst

unter den bogen
zwischen den pfeilern
stand eine frau

und spielte Bach
auf dem akkordeon

manche der passanten
warfen münzen
auf das tuch
flaneure
kinder
fielen beim gehen
in einen anderen schritt

mit ihnen ging die musik
und gab
ein tanzbares stück

versengtes brustbein
verknoteter hals
die asche vertaner jahre
vielleicht
noch glut im mund

es brauchte puste
und einen langen atem

ist nicht
dein gesicht
heute
eine einzige frage
und die antwort
durchscheinend
von anbeginn

wüsste ich
was du denkst
und wie

deine stirn
mal glatt
mal in falten gelegt
ist mir leinwand
für den film
vom verborgenen mann

er sitzt
am tisch
und liest
in einem buch

seine hand
wie ein gesicht
zwischen
wachsein und traum
dem leben zwischen
den zeilen

in deinem
faltigen gesicht
das kind gesehen

das staunen der augen

den mund
als wollte er fragen

die halme
im haar

vergeblich
suche ich
im verschatteten
nach einem
jung gebliebenen
wort

wer hat
heute
den mittag
mit den oktaven
des lichts bespielt

wer
die schatten beblaut

die takte
für den gesang
der zikaden gesetzt

dich aufgefordert
zum sonnentanz

verschattetes grün

wenn die waldgängerin

sich durchs dickicht

müht

einem vogelruf

folgt

sich ins moos

legt

mit harzendem herz

er kam vom joggen
vom wald
mit moos und laub
im haar

ein wilder mann

ich sprach ihn an
er gab weder antwort
noch sah er mich an

wandte sich um
und verschwand
während der wald sich
hinter ihm schloss

losfahren
mich
der bewegung
überlassen
egal wohin

fremdsprache
das von mir
zu mir

das buch
der unbekannten namen
steht zu hause
im regal

jeden tag
steht er
im schatten
der platane
steht
als wolle er
verwachsen damit

über stunden
bleibt er dort
bis der abend
mit seinem dünnen licht
ihn aufstöbert
ihn zu sich zu führen
so dass
der weg dorthin
nicht lange ist

BILDSCHAFTEN

für immer
eingelagert
im körper

ereignisse
mit verschwommenen umrissen
denen du
form geben kannst
und die farbe
von einst

nur einen

magenta-roten ausschnitt

vom bild

will ich mir nehmen

und in meinen tag setzen

ihn

vor mir

hertragen

wie eine geschenkte frucht

blatt an blatt
die papiere
zu einem grossen bild gelegt
leer
und von einem weiss
das so bleiben will
einzig das wasserzeichen trägt
und alle fragen
der zeit

gefiederte wolken
der stare schwarm
bewegte gebilde
als sei's ein film
entwürfe
kreationen
augenblickslang

ausschnitt

weggedacht
aus deinem gesicht
ohren – mund und nase
bis auf ein auge
das zurückgezogen
in sich selbst
als eingetrocknete sepia
ein ort der trauer
ein schmerznest ist

wird von stille
geöffnet
der raum
erscheint unverhofft
ein bild
mit dem ich sprechen
ihm namen
in allen sprachen
geben kann

schaut sich
den linien
des gesichtes entlang
zieht sie weiter
verstärkt – vertieft – verbreitert sie

schaut
eines menschen zeit

im haus
der bilder
drei gemälde

fischkopf
ohne leib

fischleib
ohne kopf

im auge
des fisches
die ganze tiefe
des sees
in einer schwärze
die alles eint

am grund
des bildes
das schweigen
der vergangenheit

im leeren
was noch zu malen wäre
irgendwann

sie spricht
ihn an
mit aufgeweichter stimme
redet durch ihn
hindurch
schreibt ihm dann briefe
mit weissem stift
schafft bilder
mit wasser gemalt

während ihm
die augen verstummen
wachsen ihr federn
für einen weiten flug

von weit draussen
wieder
zum ufer schwimmen

direkt in ein bild
von Cézanne
hinein

eingefügt
ins silbergrün
der weiden
die hellen steine
des deltas
vom kleinen fluss
bin ich
bei den badenden
mitten im sommerlicht

gaukeln
die falter
über dem feld
den lichten blüten
den halmen
ist da ein bewegtes bild
vor den wäldern
der Rhodopen
wo geschehenes
ins heute spielt

portrait

das bild
befragen
es betrachten
von nah
und
von etwas weiter weg

zurück schaut
ein fremder
und nicht
aus dieser zeit

ein schattenmann

den blick
zum tisch
mit den zwei gläsern

in der halboffenen tür
schon das künftige

während ich
auf dem papier
dem moment
umrisse gebe

striche
kaum sichtbar
so durchsichtig
sind sie

du fahndest
nach leerstellen
im bild

nach der lücke
im text

der pause
im stück

denkst dich hinein
und heraus

entwirfst
verwirfst
bleibst dran

in deinem buch
zwischen
seite sieben und acht
habe ich
eine karte gefunden
Velasques
Las Meninas

in den auschnitt
– dem spiegel im bild –
denke ich mir
mal den
mal die

ein spiel
und da
wie aus dem nichts
erblicke ich mich

ohne augen
ohne nase
und fehlendem mund
im gelockten haar aber
eine feder
weiss
wie das kleid der infantin

schrift

die streifen
am himmel
ein menetekel
über dem schlafdorf
im einheitsgrün der wiese

zeichen
erscheinen
verwischen
und nicht mehr zu entziffern

es sei denn
wir lernten
zu lesen

in bildern wohnen
ein- und ausgehen darin
den spuren
der farben folgen
sich verorten
im licht

du gingst
ins bild
als sei's dein haus

wartend
stand ich davor
den ort zu tauschen
gegen den riss
in der leinwand
diese leerstelle
ohne farbe
und ohne geruch

dort wäre
alles noch möglich
das neue
die entfaltete zeit

VORLAND

deine sätze
einkochen
und
in die gläser
füllen

sie kühl und trocken
lagern
für wortkarge zeiten

ins dunkel rufen
in die höhle hinein
lauschen
ob ein echo kommt
den namen bringt
ihn singt

ihm weite
grösse
tiefe gibt

nomadin sein
zwischen
den sätzen
durchs wortland streifen
gesammelte fragen
im mund

wörter fliegen auf
schwärmen weithin
bringen mir
farbe und klang

öffnen die sicht
auf das
was ist

worte –
überlass sie der luft

ihr schweben
in stille
ist ohne ziel
bis der wind
sich legt
eine ankunft wird
am ohr der zeit

gehäutetes wort
weich noch
und verletzlich
wagt es sich
zoll um zoll vor
bis zu dir

in deinem namen

wohnen

im rätsel

das er umkreist

im klang

der tonart des lichts

in meiner hand
das buch
seite zweiundsiebzig
öffnet es mich

zu lesen
tage – jahre
das gestern
das jetzt

ich folge
deinem wort
gehe auf dem grat
deiner sätze
weiss um den abgrund
zu beiden seiten
die höhenluft
die huschenden bilder
aus wasser und licht

orientierung

bin laufend
am schreiben

wegweisend
die worte
sterne
schildern
die nacht

vom traum

gewogen

und zu leicht befunden

ausser es fände sich

ein wort

so gewichtig wie flaum

ich lösche
das letzte wort
setze ein anderes hin
wieder eines
viele noch

was mir einfällt
schreibe ich hin
worte wie trittsiegel
im schnee
wenn die füchsin
über das winterfeld schnürt

Elias

vom fahrtwind
gestreift

feueratem
und rufe
aus erz

und
habe ich nicht
den ganzen tag über
glut im blut
und glosende worte
im mund

aus dem bild
das wort

aus dem wort
leben
durchdrungen
von schattseitigem
lichtweisendem

leuchten
im lied
der töne
helle funken
erklingt
die ballade
mit drei f

feuer
flamme
flug

an ihren worten
verschluckte
er sich
rang nach luft
ging ins freie
atmete durch

setzte sprechblasen
wolkenworte
in den frostigen tag

er

schon wieder

mit erhobener stimme

sie

daran

der stille

das fenster zu öffnen

damit sie einlass finde

in zeiten von einwegworten

zerdehnt

wie der sirenenton

bei feueralarm

ihr dazwischenreden
wenn ich
mitten
in einem satz bin
sie mir die worte kappt

ich nach dem roten faden
suche
und dastehe
mit pfefferschoten
im mund

ich bin
vor dem aquarium
schaue
den wörtern zu
die darin schwimmen
ausschwärmen
in alle richtungen
es mir nicht
leicht machen
sie zusammenzubringen
für einen einfachen satz

dein tag
ist ohne ton

in deinem ohr
nur not

ich muss die worte
aufweichen

sollen sie
den weg finden
zu dir

bevor
du was sagst
suchst du
hinter geschlossenen lidern
worte wofür
es keine worte gibt

jeden abend
kehren
die worte zurück
bringen
gerüche
farben
klang

bringen dich
mir wieder

so haben wir uns
und allen raum

worte

aus dem traum

geschnitten

und ins leben

genäht

mit einem faden

der innen

und aussen

zusammenhält

im strandkorb sitzen
auf dem balkon
das rauschen
der schnellstrasse
im ohr
dich vor augen
mit aufgeschlagenem buch
einundzwanzig zeilen
zitierend

eine zeile
zwei zeilen
und mehr

eine seite
aus dem lesebuch
dem alphabet des sehens

dem versuch für ein hörstück
wenn ich mit meinen lippen spiele
den atem lenke
und mit suchender zunge
einen laut forme
und noch einen
für ein paar worte an dich

nur
eine kurze notiz
und doch
las sie
vieles hinein
schrieb weiter
am text
und
machte sich so
ihren reim
dazu

Über die Autorin

Foto: Lydia Segginger

ANA LANG, geboren 1946 in Zürich, besuchte die Schule
für Gestaltung in Luzern. Es folgten Sprachaufenthalte
in Frankreich und Italien sowie die Ausbildung zur Kin-
dergärtnerin. Ana Lang lebt in Uezwil im Kanton Aar-
gau. Zuletzt erschienen von ihr: *Ein Käfig der Träume*,
(Erzählung), 2010, *Helle Zeichen Dunkle* (Gedichte und
Fotografien), 2012, *Geschichten im Gesicht* (Erzählungen),
2013, *Fische im Mond* (Roman), 2015, *Blau in Blau* (Gedichte), 2018.

Autorin und Verlag danken der
Dr. Franz Käppeli Stiftung
für die freundliche Unterstützung.